Le jeu
du dictionnaire

Guy Jimenes

Le jeu du dictionnaire

Neuf
l'école des loisirs
11, rue de Sèvres, Paris 6e

Du même auteur à *l'école des loisirs*

Dans la collection *Mouche*

Nôar le corbeau
Mélodie Carlson
Signé James Collas

Loi n° 49.956 du 16 juillet 1949 sur les publications
destinées à la jeunesse : mars 2000
Dépôt légal : novembre 2003
Imprimé en France par Hérissey à Évreux (Eure)
N° d'imprimeur : 95773

Sommaire

1

Palangrotte !

Tous les mardis, nous jouons au jeu du dictionnaire. Le maître prétend que c'est un excellent moyen d'enrichir notre vocabulaire. L'idée lui est venue un jour comme ça, il est entré dans la classe et nous a demandé :

– Connaissez-vous le jeu du dictionnaire ? J'y ai joué hier soir avec des amis et on s'est beaucoup amusés.

– Lequel, jeu du dictionnaire ? a interrogé Benjamin comme s'il en connaissait cinquante.

Le maître a paru étonné :

– Parce qu'il en existe plusieurs ?

– Deux. On ouvre le dictionnaire au hasard, et soit on lit la définition et il faut trouver le mot ; soit, au contraire, on lit le mot et il faut trouver la définition.

– Eh bien moi, a dit M. Michel, je parle de trouver la définition.

– C'est nul, a lancé Ousmane. Si c'est le mot « table », tout le monde gagne. Tout le monde sait ce que c'est, une table.

– Justement ! a couiné Benjamin.

Et le maître a complété :

– C'est bien pourquoi on choisit un mot difficile, que personne ne connaît.

Ousmane a hoché la tête comme s'il approuvait, avant de réaliser :

– Hé, c'est encore plus nul ! Si personne ne connaît… personne ne trouve !

J'étais d'accord avec lui, et une bonne partie de la classe était d'accord aussi. M. Michel montrait des signes d'impatience.

– Écoute, a-t-il reproché à Ousmane, et ce n'est pas la première fois que je te le dis : avant de décréter qu'une chose est « nulle », réfléchis un peu ou attends qu'on ait fini de l'expliquer.

Et il a poursuivi pour toute la classe :

– Le jeu consiste à inventer des définitions qui ont l'air vrai ! Chaque joueur en inscrit une sur une feuille. Quant à celui qui a choisi le mot dans le dictionnaire, il recopie la bonne définition…

– Et c'est lui qui gagne… Trop fort ! a ricané Ousmane.

– Ensuite, a continué M. Michel en

lui lançant un regard noir, on mélange toutes les feuilles et blablablabla....

On commençait à s'agiter dans les rangs. La règle du jeu du dictionnaire était trop compliquée. Il était question de voter pour une définition ; si c'était la bonne, on marquait des points ; mais on en marquait aussi quand quelqu'un avait voté pour la vôtre sans le savoir, en pensant que c'était la bonne... Bref, tout un système ! À chaque tour, le dictionnaire changeait de mains. Comme on était vingt-cinq, on allait y passer la semaine !

Le maître a bien vu que nous n'étions pas emballés, sauf Benjamin qui suppliait au premier rang :

– Allez, m'sieur, on joue, dites oui, dites oui !

– D'accord, mais nous simplifierons

la règle. Je recueillerai vos feuilles et je lirai vos définitions à voix haute, pas toutes : seulement les plus intéressantes, les plus originales ou les plus astucieuses. Ensuite nous en choisirons deux ou trois que nous publierons dans le journal de l'école à la rubrique Vocabulaire, à côté de la vraie. Ousmane, peux-tu me dire pourquoi tu fais cette tête de tragédie grecque ?

– Oui, m'sieur. Parce que c'est pas juste ! Vous commencez par nous dire qu'on va jouer, et ça finit comme une leçon normale.

– Hé oui, a soupiré le maître, il faut t'y faire : je ne suis pas seulement ici pour t'aider à passer le temps mais pour t'*enseigner* deux ou trois choses.

Le plus étonnant, c'est qu'Ousmane n'a pas gardé longtemps sa « tête de tragédie grecque » : il s'est très vite pris de passion pour le jeu du dictionnaire, et c'est presque toujours lui, maintenant, qui invente les définitions les plus drôles.

Cette première fois, par exemple, on est tombés sur le mot *blatte*, et Ousmane a trouvé : *belette aplatie*. Il l'a même dessinée, sa belette, dépassant d'un rouleau compresseur, la tête d'un côté, la queue de l'autre, dans une flaque de sang ! Ça a révolté Sophie qui est pour la défense des animaux. Ousmane n'a pas compris pourquoi elle en faisait tout une histoire, il a dit que lui aussi il était pour la défense des animaux et qu'il ne voyait pas le rapport, ça n'empêchait pas d'avoir de l'humour.

– Si tu appelles ça de l'humour, a lancé Sophie les lèvres pincées.

Le maître a dû intervenir pour qu'ils arrêtent de se chamailler. Il nous a donné le vrai sens du mot : une blatte, c'est un cafard. Beaucoup de filles ont fait « beurk », et pas mal de garçons « miam miam » avec des yeux gourmands, même René qui part en courant dès qu'il voit le moindre gendarme.

Palangrotte = femme des cavernes.

C'était encore une définition d'Ousmane, un autre mardi, et on n'a pas compris tout de suite pourquoi le maître a été pris de fou rire. Il riait de si bon cœur qu'on riait nous aussi en répétant bêtement « femme des cavernes ! » comme si on avait saisi toute l'astuce. Pour qu'on comprenne bien, M. Michel a écrit au tableau « Pâle en grotte », tout en expliquant :

– La femme des cavernes est pâle : dans sa grotte, elle ne voit pas souvent le soleil !

Le plus drôle c'est qu'Ousmane a découvert le jeu de mots seulement à ce moment-là. Il avait inventé cette définition sans trop réfléchir. Ce n'est jamais un garçon qui réfléchit tellement, il agit surtout à l'instinct.

– Ouais, c'est exactement ça ! a-t-il fait en écho au maître. La femme est pâle parce qu'elle ne sort pas de la grotte ; l'homme, lui, est bronzé : il est toujours à la chasse.

Sophie ne riait pas avec nous. Quand tout le monde s'est calmé, elle a dit qu'elle trouvait la plaisanterie d'Ousmane « sexiste ». Elle a vraiment employé ce mot. Elle a précisé : « je veux dire raciste envers les femmes », parce qu'elle ne voyait pas pourquoi la femme des cavernes resterait au ménage de la grotte et à la vaisselle pendant que l'homme s'amuserait dehors. Elle a encore ajouté que ça ne l'étonnait pas d'Ousmane, à cause de sa religion, et là le maître n'a pas été d'accord du tout :

– Parce que tu imagines peut-être que les musulmans sont tous des intégristes qui enferment à clé leurs femmes et leurs filles ?

Ce n'était pas souvent qu'il parlait à Sophie sur ce ton de réprimande, et elle n'a rien répondu, vexée.

– Elle pense que tous les Arabes sont des machos, a fait Ousmane. Si elle voyait chez moi : c'est ma mère qui commande, la vérité ! (Et, se tournant vers Sophie.) C'est toi la raciste des femmes, tu veux les défendre comme les espèces protégées de l'autre jour, mais les femmes ne sont pas des animals.

– Des animaux, Ousmane, a corrigé le maître.

– Non, m'sieur: animales, féminin pluriel, a répliqué mon voisin avec son aplomb habituel et pour avoir le dernier mot.

– Et alors, une palangrotte, c'est *quoi* finalement? a demandé Carole que cette discussion commençait à agacer.

Le maître a expliqué qu'il s'agissait d'un mot provençal, un terme de pêche, pour désigner une ligne munie de nombreux hameçons et ça m'a donné des idées.

2

Béni-oui-oui !

Je connais un coin super pour pêcher, un trou profond au milieu des rochers où les poissons viennent mordre facilement. Je l'appelle le gouffre. Un jour, je le montrerai à Benjamin. Il est arrivé il y a cinq ou six semaines, il a beaucoup de choses à découvrir. J'aimerais bien qu'Ousmane nous accompagne mais je sais d'avance qu'il ne voudra pas.

– Je ne vois pas ce que tu lui trouves, à Benjamin.

Ça m'a fait rire quand Ousmane m'a dit ça, parce que j'avais entendu exactement la même phrase à la télé, sauf le prénom, dans une série américaine.

– Ma parole, t'es jaloux !

Ousmane s'est tapé la tempe pour me faire comprendre que j'étais complètement dingue et il s'est éloigné. Ça tombait bien, je devais retrouver Benjamin. Mais ça tombait mal aussi parce que j'aurais bien aimé qu'Ousmane joue avec nous.

Le problème de Benjamin c'est qu'il ne parle pas facilement aux autres. Il se concentre sur le travail scolaire. Il est excellent dans la plupart des matières, sauf en sport. En classe, il répond aux questions du maître comme s'il n'était pas trop sûr, alors qu'il donne toujours la bonne réponse. Ousmane dit qu'il le fait exprès pour fayoter. Moi je ne crois pas. C'est plutôt qu'il s'inquiète d'un rien.

S'il est timide avec les autres, il se rattrape bien avec moi. Jamais quelqu'un ne m'a autant raconté sa vie ! J'ai eu droit, en long, en large et en couleurs, à son ancienne école de Narbonne, à ses parents qui sont divorcés mais qui s'aiment toujours et se retrouvent régulièrement comme de vieux amis, à sa petite sœur qui est allergique aux fleurs...

Tout ça, il me l'a raconté au début qu'on se connaissait. Des fois, ça m'énervait, ce flot de paroles. C'était de ma faute, aussi, parce que je m'étais proposé de l'aider pour ses devoirs, comme on habite le même lotissement. Ce n'était pas facile pour lui d'arriver en début de deuxième trimestre dans une nouvelle école et dans un endroit où il ne connaissait personne. C'était normal de l'aider.

Ça énerve Ousmane, ce genre de choses. Lui, il est venu d'Alsace il y a un an et demi :

– Et alors ? J'ai déménagé, moi aussi, et je ne suis pas mort ! Les maths, le français, la géo, c'est pareil partout. Il est pas un extra-terrestre, Bisounours !

Ousmane l'appelle comme ça à cause d'un dessin sur sa trousse.

Je me rappelle ce que Benjamin m'a dit, dès le premier jour : qu'ici c'était zéro et qu'il s'ennuyait à mourir.

– Mais… tu viens d'arriver ! lui ai-je dit. Et la mer, tu n'aimes pas la mer ?

– Bof, on ne peut pas encore se baigner, en cette saison.

Je n'ai pas insisté, mais j'ai pensé : on

peut pêcher, se balader à vélo le long de la côte ou à pieds sur le sentier des douaniers, ou simplement regarder les vagues. Moi, je trouve que c'est une vraie chance d'habiter ici.

Très vite, Benjamin a pris l'habitude de frapper à ma porte, les soirs, les mercredis, les week-ends...

– C'est Benjamin, me criait ma mère après avoir ouvert.

Et je descendais de ma chambre.

À la fin, elle criait directement « Benjamin ! » sans même ouvrir. Elle reconnaissait sa façon de frapper.

– Dis-lui que je ne suis pas là, ai-je demandé un jour. Je n'ai pas envie de le voir.

– Ah non ! Pas question... Fais ce genre de commissions toi-même.

– Mais Maman ! Tu ne te rends pas

compte ! Il me colle pareil qu'une sangsue d'Amazonie. Tu peux m'expliquer pourquoi c'est toujours sur moi que ça tombe : quand un nouveau arrive, je me le récupère !

– Plains-toi ! Tu es bien content qu'Ousmane soit devenu ton ami. Et Benjamin m'a l'air d'un gentil garçon.

Plus tard, nous avons rediscuté de cela avec Maman :

– Il faut croire que tu as un don naturel de sympathie, a-t-elle supposé, un comportement agréable, qui rassure les autres. Ils se sentent bien en ta compagnie.

Il y avait une lueur malicieuse dans son regard.

– Moi ? me suis-je défendu. Mais je ne dis rien du tout, c'est toujours eux qui parlent !

Maman a franchement rigolé.

– Justement : tu as ce qu'on appelle une bonne écoute, en psychologie.

– Non ! Le plus souvent je pense à autre chose, je me contente de les laisser parler et de faire « hum hum » ou « ah bon ».

Maman a ri davantage encore :

– C'est exactement ce que je dis !

Elle a repris plus sérieusement :

– Méfie-toi, cependant, de ne pas laisser tes copains s'imaginer que tu te passionnes pour leurs propos quand ce n'est pas le cas. C'est un peu comme si tu trichais, non ? Et puis, tu devrais t'affirmer auprès d'eux, pour ne pas devenir un béni-oui-oui.

– Un *quoi* ?!

– Un béni-oui-oui...

Et Maman m'a expliqué : un béni-oui-oui est quelqu'un qui n'a aucune personnalité et qui s'empresse toujours d'approuver les autres. Ça m'a fichu un coup, même si je ne l'ai pas montré. J'ai vite regardé dans le dico.

– Tiens, j'ai fait, ça vient de l'arabe. Je dirai ça à Ousmane.

– Cette manie de toujours te précipiter sur le dictionnaire, a soupiré Maman.

– C'est à cause de l'école!

Cette conversation m'a beaucoup fait réfléchir. Quand j'ai revu Benjamin et qu'il a commencé à me raconter que son grand-père allait être opéré de la prostate mais qu'il n'avait pas de pyjama correct pour la clinique, parce que chez lui, comme il sue énormément, il est habitué à dormir en caleçon, j'ai dit:

– Stop, Benjamin ! Je n'ai pas l'intention de tricher avec toi, je ne veux pas devenir une espèce de machine à confidences, ce genre de truc, tu sais, comme un béni-oui-oui, et… et…

J'étais plutôt bien parti, et puis d'un coup, à cause de l'expression malheureuse de Benjamin, quelque chose s'est fermé dans ma tête et je me suis mis à chercher mes mots.

– Tu trouves que je te raconte trop ma vie, m'a dit Benjamin.

C'était exactement ça, mais il avait l'air si désolé et triste que j'ai eu honte.

– Non, ce n'est pas ce que je voulais dire… Tu sais, moi, mon père, il dort à poil, alors je peux parfaitement comprendre cette histoire de pyjama et…

Je m'enferrais, c'était minable. Benjamin l'a bien senti. Il est parti presque tout de suite en me disant à peine au revoir.

J'ai voulu tenter le même numéro avec Ousmane. J'ai pensé que ce serait moins difficile, parce qu'on se connaît depuis plus longtemps. Je l'ai retrouvé au terrain de jeu.

– Ousmane, t'en as pas marre que ce soit toujours toi qui tchatches, qui me racontes tes histoires, alors que moi je ne dis jamais rien ?

Ousmane m'a regardé avec gravité. Il a réfléchi, et il a lâché :

– Non, mec, ne t'inquiète pas, ça me va comme ça, c'est cool.

3
Échauguette !

Aujourd'hui, c'est au tour de Carole de chercher un nouveau mot. Elle le trouve et le lit d'abord pour elle, ses lèvres remuent silencieusement.

– Dépêêêêche ! s'impatiente René que le jeu du dictionnaire rend toujours nerveux.

Carole relève la tête et lance :

– Échauguette !

La moitié de la classe est pliée en douze.

– Échau... quoi ? bougonne René.

– « Échauguette », répète M. Michel

en détachant bien les syllabes. Je vais vous l'écrire au tableau.

Je recopie laborieusement les onze lettres du mot sur ma feuille puis je suçote mon crayon pour mieux me concentrer. Je ne me sens pas très inspiré.

Je me demande ce qu'Ousmane va bien inventer comme définition. Il est en train d'écrire quelque chose...

Échauguette...

J'ai un mal fou à me concentrer. Tout ce que je finis par trouver c'est: *Échauguette = petit moule à gaufrettes.*

On dirait un juron du capitaine Haddock. Ce n'est pas si mal, finalement. Je rigole d'avance. Les autres vont adorer, je suis sûr, et ma définition a des chances d'être sélectionnée pour le journal de l'école.

*
* *

M. Michel passe dans les rangs et ramasse nos feuilles qu'il parcourt du regard. De temps en temps, il lève les sourcils, grimace ou esquisse un sourire. Il fait monter la pression et on a hâte de l'entendre nous lire les meilleures définitions. Cette fois, il commence par celle de Benjamin.

– *Échauguette = oiseau de la famille des éperviers.*

Un frémissement parcourt la classe. Les regards se tournent vers Benjamin dont le visage s'orne d'un sourire qu'il s'efforce de rendre modeste.

– Regarde-le, Bisounours, avec son air de premier de la classe, me murmure Ousmane à l'oreille.

– Tais-toi, je lui fais.

J'écoute ce que dit le maître :

– Et ce n'est pas tout ! jubile M. Michel. Votre camarade a ajouté quelque chose, un exemple : *une échauguette était nichée dans la muraille du château.* Qu'est-ce que vous dites de ça, les enfants ?

Je me doute de quelque chose :

– Benjamin a trouvé la bonne définition !

– Hum… Nous verrons, nous verrons, répond le maître.

Et il choisit une nouvelle feuille… la mienne !

– *Échauguette = petit moule à gaufrette.*

Les réactions sont mitigées. Personne ne rit franchement, sauf Ousmane qui s'esclaffe, mais seulement après que M. Michel a révélé que je suis l'auteur de cette définition.

– Eh bien, Ousmane, lui enjoint le maître, puisque tu as la bouche ouverte, si tu en profitais pour nous dire la tienne, je suis sûr que tu la connais par cœur.

– Non, m'sieur, attendez, pas tout de suite ! Il faut garder la meilleure pour la fin, comme dit le proverbe.

Ousmane adore se vanter. Il le fait toujours avec exagération, par plaisanterie, c'est une façon de se moquer de lui-même, tout en provoquant les autres. On est habitués. Mais Benjamin se retourne furieux, le visage déformé par la colère :

– T'en as pas marre de toujours jouer les stars ! En réalité tu es jaloux que j'aie trouvé la bonne définition.

Un jour, j'écrirai un livre qui s'appellera *Ousmane et Benjamin*. Je pourrai aussi l'appeler *Les deux nouveaux*, même si Ousmane est là depuis plus longtemps. Ou alors : *Les ennemis mortels*, tellement le courant passe entre eux. Un vrai courant électrique, plein d'étincelles !

M. Michel écarquille des yeux ronds.

– Hé, minute ! lance-t-il à Benjamin. Ce n'est pas une mauvaise chose de dire à Ousmane ses quatre vérités. Tu étais bien parti, je trouvais. Mais je ne te suis plus du tout quand tu affirmes avoir la bonne définition... Une échauguette n'est pas, jusqu'à preuve du contraire, un oiseau de la famille des éperviers !

– Si ! Moi je l'ai, la preuve du contraire !

Benjamin n'est pas à l'école depuis

longtemps et je ne le connais pas encore très bien, c'est sûr, mais jamais je ne l'ai vu dans un tel état d'excitation ! D'habitude, il ne fait pas parler de lui. Il paraît que c'est comme ça avec les timides. Ils se contiennent, ils se contiennent, et paf, ils pètent le fusible ! Là, Benjamin, on dirait, je ne sais pas moi, une rivière gonflée d'eau qui explose la digue, ça déborde de partout.

Il plonge dans son cartable, en retire un livre, une histoire au temps des chevaliers : *Le donjon des éperviers*, le feuillette, trouve ce qu'il cherchait et se lève pour montrer au maître :

– Tenez, regardez à cette page. Je l'ai lue hier soir. Je ne suis pas fou, quand même !

M. Michel calme les ricanements et les huées qui conspuent Benjamin.

– Hé les gars ! jubile Ousmane la main en paravent pour ceux de derrière. C'est Bisounours qui va nous faire la classe, à la place du maître !

M. Michel jette un regard attentif au livre que Benjamin lui a mis sous les yeux et le verdict tombe :

– « Une échauguette était nichée dans la muraille »... Oui, et alors ? Tu as commis un fameux contresens !

Malgré tout, Benjamin insiste :

– C'est écrit ! Ça veut bien dire que...

– Cela suffit, mon jeune ami ! le coupe M. Michel.

Quand le maître fait sonner ainsi sa voix et commence à nous donner du « mon jeune ami », c'est plutôt mauvais signe.

– Retourne à ta place, veux-tu.

Dans ton exemple, le mot « nichée » est employé comme une image, c'est un peu comme si je disais, je ne sais pas moi, qu'un caillou s'est « niché » dans ma chaussure... Tu parles d'un oiseau!

Benjamin se rassoit, anéanti. Ousmane se met les deux mains devant la bouche pour s'empêcher de dire quoi que ce soit tandis que ses tressautements font trembler sa table: il est mort de rire!

– Nous allons mettre fin au jeu, soupire M. Michel. Il est bientôt quatre heures et demie et j'ai le travail à vous donner pour jeudi... Eh bien non, une échauguette n'est ni « un oiseau de la famille des éperviers », ni « un petit moule à gaufrettes », ce n'est pas non plus: « quand on a honte, on attrape l'échauguette, avec les oreilles qui deviennent rouges »... Ça c'est la définition d'Aline, que je trouve très amusante et que nous garderons pour le journal. Quant à la définition d'Ousmane, et contrairement à ses prétentions, elle n'est ni drôle, ni astucieuse, ni rien du tout, et je m'abstiendrai donc de vous la lire.

Les tressautements cessent d'un coup à la table voisine. Sophie se retourne en douce pour lancer à mon copain un regard vengeur de femme des cavernes.

– Carole, ordonne le maître, toi qui as le dictionnaire sous les yeux, lis-nous la définition d'échauguette. Et articule bien, je te prie.

Il est question d'une « guérite de guet » dépassant de la muraille des châteaux. M. Michel nous donne des explications complémentaires :

– Si vous préférez, une échauguette est un poste de garde. Cela permet de surveiller les alentours depuis le rempart.

Benjamin a fini de copier la définition dans son carnet de vocabulaire et s'est renfrogné, les bras croisés, le regard fixe.

– Pauvre type, Bisounours, avec son épervier, me glisse Ousmane dans l'oreille.

Je trouve qu'il exagère. Et je n'aime pas qu'il parle comme ça de Benjamin.

J'ai fini de copier, je pose mon stylo et je rêvasse, en attendant que le maître nous donne le travail pour jeudi. Je me dis que c'est parfois pénible d'avoir pour copains deux garçons qui ne peuvent pas se sentir.

4
Mitron!

D'habitude, en quittant l'école à quatre heures et demie, nous faisons une partie du chemin ensemble, Benjamin et moi. En général, Ousmane et Carole suivent derrière, ils habitent dans la même rue et ils tournent au coin du magasin de sport.

Ce soir, après le coup de l'échauguette, Benjamin marche seul, « raide comme la justice » dirait ma grand-mère, à une quinzaine de mètres devant nous. Carole et Ousmane se fichent ouvertement de lui :

– Alors, l'épervier. Tu retournes au nid ?

– Au chaud dans ta petite échauguette !

Et plein d'autres bêtises du même genre.

Moi, je n'ai pas très envie de défendre Benjamin. Surtout qu'il me fait la tête depuis l'autre jour. Il m'évite. Et puis je pense qu'il a un peu cherché ce qui lui arrive, en tenant tête tout à l'heure à M. Michel.

Il finit par se retourner, à bout de nerfs pour nous brandir d'un geste rageur son poing serré sauf… le médius bien tendu !

Et soudain, c'est comme une tornade qui balaie tout sur son passage. Je sens une main qui me pousse, en même temps qu'une voix crie :

– *Korta-ta*!

Ou quelque chose comme ça.

Je m'accroche au sac d'Ousmane pour ne pas tomber.

– Il est dingue, ce gus! hurle Carole.

Le gus en question est dressé sur ses pédales et fonce direct sur Benjamin affolé. Sans même descendre de vélo, il lui propulse un grand coup de botte pointue dans le ventre!

Benjamin fait «Euuughrr», les yeux révulsés, les joues ramollies, la langue pendante. Et plaf, il s'écroule comme un paquet de chiffes.

Son agresseur n'a même pas posé pied à terre. Il a juste lâché son guidon le temps de se retourner vers sa victime pour lui faire un doigt d'honneur, avant de pédaler de plus belle.

Je comprends tout ! Ce dingue à vélo a cru que le médius brandi de Benjamin lui était destiné, et il s'est aussitôt vengé !

*
* *

C'est Carole et moi qui avons aidé Benjamin à se relever.

– Mais qui c'est, ce malade ? sanglotait-il en se tenant le ventre.

Il nous posait la question sans arrêt, même à Ousmane qui détourna les yeux d'un air vaguement dégoûté quand Benjamin releva sa chemise pour regarder où l'autre l'avait frappé. Le ventre était blanc mais sous le nombril on voyait nettement une marque rose, comme si la peau avait chauffé.

– Tu vas avoir un giga bleu, a affirmé Carole.

Nous avons décidé de raccompagner Benjamin chez lui. Ousmane ne voulait pas venir, mais je lui ai dit qu'il était témoin de l'agression et qu'il pourrait nous aider à tout expliquer à la mère de Benjamin. Carole et moi, on faisait de notre mieux pour consoler notre copain blessé. Il geignait à chaque pas comme si son ventre se déchirait.

– Bon, a raillé Ousmane, on passe chez moi prendre la brouette et on l'emmène direct au cimetière.

– C'est malin, a fait Carole.

Benjamin n'a pas relevé mais on l'a moins entendu se plaindre le reste du chemin. Il serrait les mâchoires.

Arrivés chez lui, nous avons tout raconté à sa mère.

– Et vous n'avez aucune idée de qui

est l'agresseur ? Pourquoi s'en est-il pris à mon fils, à votre avis ?

On s'est regardés, gênés. Carole a juste dit qu'elle avait cru reconnaître un jeune apprenti de la boulangerie Armel.

– Il a au moins 16 ans !

La mère de Benjamin a promis que les parents de ce garçon auraient de ses nouvelles.

Là, Benjamin m'a épaté :

– Non, Maman, a-t-il dit. Laisse tomber, ce n'est pas grand-chose. Je n'ai presque plus mal. Merci de m'avoir raccompagné, les copains.

En repartant de chez lui avec les barres de céréales chocolatées que sa mère nous a données, on discute ferme :

– Toujours à frimer, Bisounours,

lâche Ousmane. «Je n'ai presque plus mal, les copains…» N'importe quoi!

Je ne suis pas d'accord:

– N'empêche, frime ou pas frime, Benjamin a du courage. Et puis il n'a rien cafté à sa mère, il ne lui a pas raconté qu'on se fichait de lui avec l'échauguette.

– Tu parles! ricane Ousmane. Il aurait été obligé de parler du doigt d'honneur, et je ne crois pas que sa mère aurait apprécié.

Je repense au début de l'attaque, quand notre agresseur nous a bousculés en criant. J'essaie de l'imiter:

– «Korta-ta…» Vous y comprenez quelque chose, vous? Pourquoi il a braillé ça?

– C'est son cri de guerre, imagine Carole.

Ousmane lève les bras au ciel :

– Non mais vous êtes nuls ou quoi ? « Écarte-toi, toi ! » c'est ce qu'il a gueulé.

Ousmane doit avoir raison. N'empêche que l'apprenti boulanger a une drôle de façon de s'exprimer.

– Comme s'il avait la bouche pleine de farine, conclut Carole.

*
* *

Hier jeudi, le cinglé ambulant nous est à nouveau tombé dessus à l'heure de la sortie. Cette fois, il ne s'en est pas spécialement pris à Benjamin : il nous a tous copieusement insultés !

C'est là que Carole lui a trouvé son surnom :

– Casse-toi, La Farine ! s'est-elle écriée.

Et Aline :

– Retourne à ton four à pain, espèce de mitron !

Mitron, c'est le vrai nom de métier pour un apprenti boulanger, mais Aline l'a prononcé comme une insulte !

« La Farine » fou de rage a fait demi-tour et lui a foncé dessus en beuglant comme une vache folle :

– *La-roulette-allemande-et-chevaux-en-marbre !*

Ou quelque chose comme ça.

J'ai bien cru qu'il allait la frapper comme il avait frappé Benjamin deux jours plus tôt. On s'est tous rassemblés pour faire bloc et au dernier moment il nous a évités. Il s'est contenté de nous injurier encore.

On a pu voir de plus près à quoi il ressemble : avec ses cheveux blonds sous sa coiffe de mitron et ses grands yeux clairs, il n'est pas trop moche, sauf quelques boutons sur le menton. Le plus bizarre chez lui, c'est sa façon de parler.

– Non mais, c'est quoi cette histoire de « roulette allemande » et de « chevaux en marbre » ? a demandé Benjamin.

Ousmane nous a traduit sans problème :

– « La rue elle est à tout le monde et je vous emmerde ! »

Cela se confirme : Ousmane parle le La Farine couramment !

Et ce soir encore, à la même heure, le mitron nous attaque.

Il déboule, les coudes écartés, la tête dans le guidon, comme pour le sprint de la mort. Parvenu à notre hauteur, il nous crache dessus. Carole hurle, touchée à la tête, et La Farine s'éloigne en rigolant comme un malade.

– Vous savez quoi ? fait Benjamin tandis que Carole s'essuie avec répugnance la joue et l'intérieur de l'oreille. On est des lâches, on se fait attaquer sans riposter. À Narbonne, on réagirait, c'est sûr.

– C'est la meilleure, ricane Ousmane, Bisounours se rebelle !

Moi j'en ai marre d'Ousmane, et je trouve que Benjamin a raison de se précipiter sur lui, les poings lourds de menace :

– Si je t'entends une seule fois encore m'appeler comme ça !

– Ben quoi, t'as qu'à changer de

trousse. C'est nul à ton âge une trousse de Bisounours.

– J'ai la trousse que je veux, ça fait cinq ans que je l'ai et j'y tiens.

– Ah bon ! Si c'est ton doudou...

Carole s'interpose pour les séparer.

– Vous êtes vraiment pénibles, tous les deux. C'est pas en vous disputant que ça résoudra quelque chose pour La Farine.

Depuis l'agression de mardi, Benjamin s'est remis à me parler et il nous a montré son bleu qui est jaune. Il l'a même fait voir à M. Michel ; et tout ça, Ousmane a du mal à le supporter.

Grand silence pénible.

– Bon, je lance. Qu'est-ce qu'on décide ?

Ousmane bougonne :

– D'accord. On va lui régler, son compte, au mitron cycliste du Tour de France. Mais on ne dit rien à personne, ni aux parents, ni au maître, ni aux autres... Topez-là, les gars, ajoute-t-il en tendant la main.

– « Les gars » ! soupire Carole. Sophie a raison : t'es vraiment un macho !

Benjamin tope le premier en regardant bien Ousmane dans les yeux, puis c'est Carole qui tope, et enfin moi, de toutes mes forces ! Ousmane doit souffler sur sa paume pour la refroidir ! Bien fait pour lui.

Le soir même, tout excités, on se retrouve devant l'école pour tenir notre conseil de guerre. Aline nous a rejoints.

– Il faut obliger La Farine à mettre pied à terre, suggère Benjamin. Son vélo, ça lui donne trop d'élan, de la vitesse, ça lui permet de foncer sur nous comme…

– Comme un épervier sur sa proie! coupe Ousmane plié en deux.

Là j'ai peur parce que la bouche de Benjamin se tord nerveusement, mais il ne réplique pas. Il réussit même à sourire et à tendre la main à Ousmane pour toper, au grand soulagement de tout le monde.

– Objectif numéro un, résume Carole: descendre La Farine de son vélo.

– Il n'y a qu'à lui sauter dessus, je propose.

– Trop risqué, nous explique Aline. Un jour j'ai voulu le faire à mon frère. Résultat, je me suis pris la pédale dans le tibia et la poignée de frein m'a ouvert l'avant-bras. C'était horrible!

J'ai un meilleur plan : si on tend une ficelle en travers de la route, La Farine sera bien obligé de s'arrêter.

On accueille cette proposition avec enthousiasme. Et puis, en y réfléchissant, on se dit que ce n'est pas une très bonne idée : même si on ne tend la ficelle en travers de la route qu'au dernier moment, La Farine la repérera de loin et il fera demi-tour.

– Pas si la ficelle est invisible ! s'écrie Carole.

Elle a vu ce gag à la télé, dans une caméra cachée : des gens piégés qui se mettaient à enjamber un obstacle imaginaire.

Carole nous mime la scène. Quand La Farine approchera, *on fera juste semblant* de tendre une ficelle. Il sera obligé de freiner à mort.

Ousmane aussi a vu l'émission et il trouve cette idée géniale.

– Dès que La Farine posera un pied au sol, il faudra lui tomber dessus. Mais attention, tout le monde s'y colle, hein ! On ne sera pas trop de cinq.

Avant de nous séparer, on organise une répétition générale sur la jetée. On cafouille un peu : les deux filles ne savent pas très bien à quel moment tendre la ficelle imaginaire, et puis Ousmane et Benjamin ont l'air parfaitement idiot de soulever une jambe puis l'autre avec précaution. Moi, je joue La Farine qui arrive à fond les manettes et je m'énerve :

– Il n'y a rien qui va ! Aline et Carole ne sont pas en face. Et vous deux, vous enjambez n'importe comment ! Vous avez déjà vu une ficelle tendue en zigzag, vous ? Et puis pourquoi vous pencher en avant ? On ne comprend rien à votre truc, on dirait la danse du scalp ! Faites plutôt semblant de trébucher.

Aline a l'idée de tracer une ligne à la craie sur le goudron. Cela permettra à chacun de bien se positionner. Reste à régler une question : comment déclencher les opérations au bon moment ?

– Il faudra que tu nous donnes un signal, me dit Ousmane. Un cri de guerre.

Je propose :

– À moi, la ficelle !

Ils approuvent. Je leur tends la main et on tope tous les cinq.

C'est fou ce qu'on peut toper depuis hier.

5

Mâchicoulis !

Le lendemain est un samedi. À midi, on se rassemble devant l'école, mais La Farine ne se montre pas. Dommage, notre piège est au point ! On attend vingt bonnes minutes. On ne peut pas rester davantage, nos parents vont se demander ce qu'on fiche.

Je suis déçu, mais pas vraiment surpris. Chaque fois, c'est à la sortie du soir que le mitron nous a attaqués. Comme il n'y a pas classe cet après-midi, tant pis, on devra attendre lundi.

On profite du week-end pour organiser de nouvelles répétitions qui marchent comme sur des roulettes. René et Lauriane passent par là, ils nous demandent quel spectacle on prépare.

– Une pièce de théâtre, je leur réponds. *La Ficelle contre La Farine.*

Benjamin s'énerve un peu : il est pour le secret, il ne tient pas à ce qu'on raconte à tout le monde ce qu'on mijote. Mais finalement, on décide quand même de mettre René et Lauriane dans la confidence : plus on sera nombreux à combattre La Farine et mieux ça vaudra.

Le dimanche soir, après la dernière répétition, on se retrouve, Ousmane, Benjamin et moi, sur la jetée.

– Je vais vous montrer mon coin de pêche, je leur dis.

Depuis le temps que je voulais le faire ! Je les emmène là où la jetée se transforme, où il n'y a plus les cubes de béton mais les énormes rochers de granit polis par la mer. À un endroit, il y a ce creux très profond que j'aime tant. Quand la mer est assez haute et qu'elle vient frapper, ça résonne super.

– C'est là.

– C'est ça, ton gouffre ? me demande Benjamin.

Et quand je leur parle de ma façon d'amorcer, avec des tripes de gobies, Ousmane et lui prennent un air dégoûté. La pêche, c'est pas leur truc.

– La Méditerranée, dit Benjamin, c'est beaucoup mieux que l'Atlantique. Ici, il faut marcher des heures pour aller se baigner.

Forcément, lui il vient du Sud. Je

pourrais lui dire ce que répète mon oncle : que la Méditerranée n'est qu'un vaste bassin d'épuration, mais je préfère ne pas discuter. Je me contente de dire :

– Je ne savais pas que tu habitais au bord de la mer.

– Non, pas au bord, à une quinzaine de kilomètres.

Je pense : et se taper trente bornes aller-retour pour aller se baigner, tu crois que c'est mieux ?

– Moi, dit Ousmane, la mer ou l'Océan je m'en fous.

– T'étais où, avant ? lui demande Benjamin.

– En Alsace, à Mulhouse.

– Le pays de la choucroute ! s'extasie l'autre. Hum, j'adore ! Les saucisses, le petit salé, la palette, le jambonneau, le lard fumé, le saucisson à l'ail !...

Benjamin se passe la langue sur les lèvres et ferme les yeux de contentement. Il réalise soudain quelque chose :

– Mais, comment vous faisiez, je veux dire, tes parents et toi en tant que musulmans ?

Ousmane me lance un regard interrogatif, l'air de me demander si mon copain est toujours comme ça ou s'il le fait exprès. Je manque m'étrangler de rire. Benjamin attend anxieusement la réponse. Je suis sûr qu'Ousmane va lui sortir une vanne, et ça ne loupe pas.

– Tu sais, nous, affirme-t-il avec le plus grand sérieux, la choucroute on la mange au mouton et aux pois chiches.

Benjamin hoche la tête avec gravité :

– Je comprends. Je me disais aussi.

On finit par s'asseoir tous les trois sur la grosse pierre plate où je pose d'habitude mon matériel de pêche. On regarde la mer, la ligne d'horizon, un gros bateau qui passe, le soleil qui décline.

Je suis heureux d'être là, Benjamin d'un côté, Ousmane de l'autre, et eux aussi ont l'air content. On est loin de tout. On est bien.

– Il y a autre chose que je voulais te demander, reprend Benjamin qui a mis le grapin sur Ousmane. Comment tu fais pour comprendre aussi bien ce que dit La Farine ?

Ousmane répond qu'il en a marre qu'on lui pose la question. Il n'en sait rien, c'est comme ça, et voilà. C'est plutôt nous ! Pourquoi on ne comprend rien au langage du mitron ?

J'interviens :

– En réalité, tu inventes la traduction, tu nous racontes n'importe quoi !

– Ouais, c'est ça, fait Ousmane.

– Je me disais aussi, redit Benjamin comme tout à l'heure à propos de la choucroute.

Du coup, Ousmane et moi on éclate ouvertement de rire.

– Je ne vois pas ce qu'il y a de drôle, dit Benjamin. Vous êtes toujours à vous bidonner, tous les deux.

Quelqu'un appelle Ousmane. On se redresse. C'est son grand frère Bachir, au milieu de la jetée. Il a l'air furax.

– Tu vas voir le père comme il va te donner !

Et Bachir fait le geste avec la main.

– Merde, se désole Ousmane en regardant sa montre. J'ai oublié de rentrer ! Je vais encore m'en prendre une.

Il saute sur les rochers pour rejoindre son frère.

– Une quoi ? interroge Benjamin.

– Devine, je réponds.

– Tu crois que notre plan va marcher contre La Farine? me demande-t-il encore. J'ai l'estomac qui se noue, rien qu'à y penser.

– Il n'y a pas de raison, dis-je. On est plus nombreux que lui.

*
* *

Lundi, quatre heures et demie… Enfin !

Le jour de gloire est arrivé ! Dans moins de cinq minutes, le mitron tombera dans notre piège et sera laminé, taillé en pièces. Et c'en sera fini de sa tyrannie.

Aux armes, féroces soldats! Qu'un sang impur abreuve le goudron! On jettera quelques poignées de farine pour éponger et on tracera une croix dessus.

Non, je rigole. On est des pacifistes, au fond. Le La Farine, on va se le payer à mains nues. Notre seule arme, c'est la ruse! Le coup de la ficelle invisible!

Chacun connaît son rôle par cœur. On est là concentrés, comme les sprinteurs juste avant le coup de feu du starter, on se fait déjà la course, on répète mentalement tous nos gestes.

Mais j'ai les jambes qui flageolent, soudain, et la bouche comme du buvard. J'ai la vision claire de ce qui va vraiment nous arriver: cette histoire de ficelle invisible ne marchera jamais et, costaud comme il est, La Farine ne fera qu'une bouchée de nous tous ! Un coup de poing à l'un, un coup de pied à l'autre, un coup de boule au troisième... Je nous vois tomber comme des mouches, j'en ai le tournis !

– T'as la trouille, hein ? me lance Ousmane réjoui, avant d'ajouter : Tu verras, ça ira mieux quand on l'aura balancé de son vélo.

Le temps passe, de longues minutes, et La Farine ne vient pas.

On se retrouve comme des idiots devant l'école, de part et d'autre de la ligne tracée à la craie en travers de la route. René et Lauriane en ont eu marre les premiers : ils sont repartis chez eux.

– C'est le jour de fermeture de la

boulangerie Armel, réalise Carole d'un ton lugubre.

Elle a raison : c'est sûrement ça l'explication.

*
*   *

Mardi après-midi...

C'est reparti avec le jeu du dictionnaire.

Mâchicoulis, écrit M. Michel au tableau. Il a choisi lui-même le mot d'aujourd'hui. Il prétend que cela a un rapport avec l'échauguette de la semaine dernière. Ainsi, nous connaîtrons les deux termes et nous pourrons jouer les savants quand nous visiterons des vestiges de châteaux forts avec nos parents.

– C'est aussi un mot de onze

lettres ! jubile Benjamin comme s'il avait découvert un trésor.

Avec Ousmane, on échange un regard de pitié.

D'habitude j'aime bien le jeu du dictionnaire. Aujourd'hui, c'est la barbe ! Je regarde l'horloge au mur. Encore une bonne demi-heure avant la sortie. Et si La Farine, une fois de plus, n'était pas au rendez-vous ? J'en serai malade ! Parce que j'ai beau avoir peur, j'ai soif de vengeance…

Mâchicoulis… Décidément, ça ne m'inspire pas. Et M. Michel qui a l'air si content de lui. Ça m'agace. Je pense à ma petite sœur quand Maman lui donne à manger un yaourt aux fruits des bois et j'écris : *Mâchicoulis = bouillie pour bébé. Exemple : Marion a recraché tout son yaourt à la groseille. Un vrai mâchicoulis !*

Aucun rapport avec les châteaux forts... Je ne suis pas sûr que M. Michel appréciera, mais tant pis.

Je me rappelle qu'il a plu cette nuit et que notre trait à la craie s'est un peu effacé sur la route, on l'a remarqué en arrivant ce matin. Ce n'est pas plus mal, dans un sens : La Farine ne se doutera de rien...

– Hé ! tu rêves ? Tout le monde m'a rendu sa feuille sauf toi.

Je tends mon papier au maître. Il y jette un coup d'œil rapide et hoche la tête d'un air consterné.

– Un mâchicoulis, nous explique M. Michel un moment plus tard, c'est une petite ouverture qui servait, dans les châteaux forts, à décocher des flèches ou à verser de l'huile bouillante sur les assaillants.

Benjamin se tourne vers moi pour un clin d'œil complice : des flèches et de l'huile bouillante !... C'est vrai que c'est nul ! Nous, un petit coup de ficelle imaginaire, et au tapis l'assaillant !

Enfin... il faut voir.

6

T'as-le-fer-à-pas-cher !

Cette fois, ça y est.

– Le voilà !

Ousmane vient de donner l'alerte et c'est parti : on déclenche le plan Ficelle.

Aline et Carole s'accroupissent de part et d'autre de la rue, à chaque bout du trait marqué à la craie, prêtes à se relever pour tendre le fil imaginaire. Benjamin, Ousmane et moi, nous avançons vers le trait d'un air dégagé. Nous faisons face à La Farine qui doit trouver bizarre de nous voir là éparpillés, comme si nous n'avions plus peur de lui. Du coup, il ralentit.

– C'est raté, se désole Benjamin à mi-voix. Il va faire demi-tour, il se doute de quelque chose…

Mais non ! La Farine n'a ralenti que pour mieux sélectionner une proie : Ousmane ! Et le voilà qui se remet à pédaler. Une cinquantaine de mètres le séparent encore de nous, et je me dis que René et Lauriane ont eu tort de nous laisser tomber. Une quarantaine de mètres, et j'ai la gorge nouée, une trentaine, une vingtaine, et il faudrait que je lance notre cri de guerre, mais… je ne me le rappelle plus ! Tant pis, je hurle les premiers mots qui me viennent :

– À MORT LA FARINE !

C'est un peu exagéré comme slogan, mais bon. Les filles ont un moment d'hésitation et finissent heureusement par se redresser, tendant la ficelle imaginaire qu'elles ont l'air de serrer solidement à deux mains. Benjamin et moi sautons souplement, dans un bel ensemble, par-dessus l'obstacle invisible. Ousmane aussi, avec un petit temps de retard, en affectant de se prendre les pieds dedans. Tout cela se déroule en quelques secondes.

Notre agresseur n'est plus qu'à dix mètres de nous et il a l'air déterminé à nous foncer dessus : il n'a rien compris, et toute notre belle mise en scène n'aura servi à rien ! Benjamin me donne un coup de coude dans les côtes et le cri de guerre me revient :

– À MOI LA FICELLE !

Je vois alors passer l'incompréhension puis la panique dans les yeux de notre agresseur. Il cherche désespérément une ficelle du regard. Il n'en voit pas. Il ne peut pas en voir! Mais c'est plus fort que lui, il freine à bloc, avec grincements de patins et dérapage contrôlé! Enfin: il pose un pied à terre, et… ON LUI TOMBE TOUS DESSUS!

On l'agrippe, on l'arrache de son vélo, on le traîne par terre. Il se débat, je me prends un gnon dans la pommette (un coup de coude d'Ousmane…) et j'entends Carole gémir. La Farine, dans la mêlée, se défend comme il peut. Il ne peut plus grand-chose. Ça y est, le voilà immobilisé les épaules contre terre. On le traite de tous les noms:

– Mâchicoulis!

– Échauguette!

– Palangrotte !

– Espèce de blatte !

– Sexiste !

– Mitron !

– Béni-oui-oui !

On lui débite toute notre collection spéciale-dictionnaire. Ce n'était pas prévu au programme, ça vient dans le feu de l'action. La Farine nous regarde douloureusement, comme s'il venait de sauter en parachute dans la cour d'un asile de fous dangereux, à l'heure de la promenade.

Victoire ! Nous le tenons ! Un grand de quinze ans ! Il ne nous insulte plus, ne nous crache plus au visage, ne nous crie pas ses trucs impossibles à comprendre. Il nous regarde d'un air ahuri. Il est anéanti. Son bonnet de mitron a roulé dans le caniveau.

Ousmane se penche au-dessus de lui. Je l'encourage :

– Vas-y, Ousmane ! Règle-lui son compte !

– Je vais te cracher à la gueule, annonce mon copain à La Farine, comme tu as fait à Carole. Et après, Benjamin te rendra ton coup de pied au ventre. Y'a pas de raison !

Ousmane prend une profonde inspiration et se racle le nez et la gorge pour constituer un crachat de bonne taille. Mais au moment même où il va le propulser sur La Farine, celui-ci s'écrit :

– *T'as-le-fer-à-pas-cher* !

Ou quelque chose comme ça.

Et c'est autant une interrogation qu'une affirmation !

– *T'as-le-fer-à-pas-cher* ! répète La Farine avec conviction.

Nous, on n'a rien compris, comme d'habitude, mais Ousmane, les yeux élargis de stupeur, en ravale d'un trait son glaviot et répond dans le même langage que La Farine :

– *Chorizo-pape-aux-cibles-mes-casques-à-touffe-houla* !

Et Ousmane tend la main au mitron et l'aide à se relever !

J'ai l'impression de rêver !

Lui et La Farine se donnent l'accolade, en se tapant familièrement dans le dos. Tout juste s'ils ne s'embrassent pas !

– *Le-fer-à-pas-cher* ! répète inlassablement le mitron.

– Redis-nous ça plus lentement, je demande.

– *Le-frère-apache-erre*, articule La Farine avec un ton d'évidence en me montrant Ousmane.

Et brusquement je comprends : le fer à pas cher, le frère apache erre… le frère à Bachir !

– Tu connais Ousmane ! m'écrié-je.

Ousmane, comme ensorcelé, répète lui aussi sa rengaine :

– *Chorizo-pape-aux-cibles-mes-casques-à-touffe-houla* !

Et je comprends maintenant :

– *Chorizo ! Pas possible, mais qu'est-ce que tu fous là* ?

– Tu t'appelles Chorizo ? je demande incrédule au mitron.

– Mais non ! corrige Ousmane. Joris, pas Chorizo !… Joris, oh, pas possible ! s'exclame-t-il encore.

Il en a les larmes aux yeux !

7

Chouquettes !

– La vérité, ça me fait trop bizarre !

Ousmane s'essuie furtivement les joues.

Ils habitaient tous les deux à Mulhouse, dans la même cité. Ousmane n'a pas reconnu le meilleur ami de son frère. Il a, paraît-il, beaucoup changé en un an et demi.

– Tu as pris au moins vingt centimètres ! Aïe, sur ma mère, quand Pachir fa te foir ! jubile mon copain qui mélange allégrement, maintenant, tous ses accents et qui ajoute à notre intention: Ce gars-là, il a sauvé la vie de mon frère quand ils étaient gosses, che fous chure! Bachir ne savait pas nager et Joris l'a repêché au fond d'un trou, dans la rifière.

Je frémis en pensant à mon gouffre…

De son côté, La Farine n'a pas réalisé non plus qu'il s'agissait d'Ousmane. C'est seulement quand notre copain s'est penché sur lui et a menacé de lui cracher au visage que le mitron l'a reconnu.

Et les voilà partis à discuter de leur ancien quartier à Mulhouse, à se demander des nouvelles des familles, des uns, des autres, du travail, du chômage…

Carole, Aline, Benjamin et moi, on se sent un peu en trop…

– Faudra quand même pas qu'il

oublie de s'excuser pour le coup de pied, râle Benjamin.

– Et pour le crachat, se rappelle Carole.

– Et pour les insultes ! ajoute Aline.

– Ousmane n'est qu'un traître, je rigole. Il pactise avec l'ennemi !

On a tous parlé assez fort pour qu'Ousmane nous entende, mais penses-tu ! Ils sont partis à se raconter leur vie, le mitron et lui.

Ça me rappelle ce qui nous est arrivé avec mon père. On visitait le Futuroscope, on attendait dans la file pour voir le film en relief sur Guillaumet, l'aviateur perdu dans la cordillère des Andes, et tout à coup Papa s'est exclamé :

– Momo ! Je le crois pas…

Il y avait un type juste devant nous

et c'était un ami de collège à mon père, quelqu'un qu'il n'avait pas revu depuis plus de vingt ans ! Le Momo en question, ce n'était pas son vrai nom bien sûr, et personne ne l'avait plus appelé comme ça depuis la troisième. Quand il s'est retourné, il avait une expression de gamin, a dit Maman plus tard.

Avec mon père, ils ont commencé à se raconter leurs histoires, ils n'avançaient plus et bloquaient la queue et ça râlait derrière, si bien qu'ils ont fini par renoncer au film et à nous planter là, Maman, Marion et moi.

On les a retrouvés une heure plus tard à la caféteria. Ils riaient comme des baleines en évoquant leur ancienne vie.

La Farine et Ousmane, c'est un peu différent : ils ne se sont jamais trouvés dans la même classe, à cause de la différence d'âge, mais comme ils ont vécu dans deux immeubles voisins, même s'ils ont peu de souvenirs communs, ils se rappellent les mêmes lieux, les mêmes gens. Et puis Joris, un jour, a plongé pour sauver Bachir.

La conversation tourne beaucoup autour du grand frère d'Ousmane. La Farine, je veux dire Joris, demande si Bachir a toujours son vieux VTT avec la selle de mobylette.

– Arrête! lui répond Ousmane. Il a un booster, maintenant.

Le mitron dit qu'il espère s'en payer un bientôt, il économise sur sa paye de la « boulancherie ».

On comprend mieux son langage. L'accent alsacien n'est pas plus compliqué qu'un autre, il faut juste s'y habituer, c'est tout. Le problème avec le mitron, c'est surtout qu'il parle à la vitesse d'une mitraillette !

Je ne sais pas depuis combien de temps ils discutent. Nous, les cartables nous pèsent dans le dos et on commence à s'impatienter.

– Bon. Qu'est-ce qu'on fait ? je demande aux autres.

– Moi je rentre, fait Benjamin.

– Moi aussi, disent en même temps Carole et Aline.

– Hé, attendez, nous arrête Ousmane. Joris veut vous dire quelque chose.

Et en effet :

– Fous êtes fous de tendre une ficelle en trafers de la rue, nous reproche le mitron. C'est hyper danchereux, fous poufiez me coûter un accident grafe.

– Une ficelle ? rigole Carole. Mais quelle ficelle ? Vous avez vu une ficelle, vous ?

– Et toi, pourquoi tu viens nous provoquer sans arrêt et nous injurier ? s'indigne Aline. C'est trop facile de te plaindre, après.

La Farine proteste : il rappelle le médius tendu de Benjamin et prétend que c'est nous qui l'avons provoqué en premier.

Ousmane lui explique qu'on ne lui voulait aucun mal. Le doigt d'honneur, c'était juste à cause de l'échauguette.

– Les chouquettes ? interroge le mitron. Qu'est-ce qu'elles ont, les chouquettes. C'est les meilleures de la file, qu'on fait à la boulancherie Armel.

Il n'a rien compris, mais peu importe.

Ousmane lui a ramassé son vélo.

– On fa aller foir Pachir.

Et comme tout est arrangé, le mitron nous donne sa main à serrer.

– Ah, non! je lui fais. Pas question: ici on tope!